AF360233

Vente du Lundi 27 Mars 1905

HOTEL DROUOT — SALLE N° 8

ESTAMPES
ANCIENNES & MODERNES

IMPRIMERIE

FRAZIER-SOYE

153-157, rue Montmartre

PARIS

CATALOGUE

D'ESTAMPES

ANCIENNES

ET MODERNES

PRINCIPALEMENT DES XVII° ET XVIII° SIÈCLES

dont la vente aura lieu

à Paris, **HOTEL DROUOT**, Salle N° 8

Le Lundi 27 Mars 1905

à 2 heures précises

———

Par le Ministère de M° MAURICE DELESTRE

COMMISSAIRE-PRISEUR

5, rue Saint-Georges

Assisté de M. LOYS DELTEIL, Artiste-Graveur, Expert

22, rue des Bons-Enfants

CONDITIONS DE LA VENTE

Elle sera faite au comptant.

Les acquéreurs paieront *dix pour cent* en sus des prix d'adjudication.

M. Loys Delteil remplira les commissions que voudront bien lui confier les amateurs ne pouvant y assister ; il se réserve, en outre, la faculté de diviser ou de rassembler les lots.

MM. les amateurs pourront visiter la collection, 22, *rue des Bons-Enfants*, les vendredi 24 et samedi 25 mars, de 2 heures à 5 heures.

DESIGNATION

AKEN (Jean van)

1 — Différents chevaux (B. 1-6). Suite complète de six pièces. Belles épreuves du 2ᵐᵉ état (sur 4), de la collection Esdaile.

ALLAIS (L. J.)

2. — Louis Seize, Roi des Français, d'après Callet. In-fol. Belle épreuve *tirée en 3 tons*.

ALMANACHS

3. — *Le Char triomphant de la paix sous le règne de Louis XIII*, partie supérieure d'un almanach. Belle épreuve.

4. — *Nouveau calendrier de la République Française*, par Queverdo, en 2 pl. avec les médaillons de Chalier, Barra, Le Pelletier et Marat. Belles épreuves.

AMÉRIQUE

5. — *Mʳ le Mⁱˢ de La Fayette*. Très belle épreuve tirés en 2 tons et coloriée. — B. Franklin, manière noire. Deux pièces.

BALLONS (Estampes relatives aux)

6. — Second voyage aérien... dans le Jardin des Thuilleries. — Troisième voyage aérien... fait à Lyon le 19 janvier 1784. Deux pièces in-8, par N. de Launay, d'après le Chʳ de Lorimier. Belles épreuves.

7. — *Navire Aérien dirigeable. Système Sanson.* Belle épreuve, *coloriée.*

BARTOLOZZI (F.)

8. — Noot (H. C. N. Vander), d'après P. de Glim. Très belle épreuve, *tirée en bistre.*

BAUDOUIN (d'après P. A.)

9. — L'Epouse indiscrète, par N. de Launay. Epreuve ancienne.

BIGG (d'après W. R.)

10. — *Le Retour du Jeune Matelot... — Un Jeune Matelot racontant son Naufrage...* Deux pièces par J. Schmitz, faisant pendants. Belles épreuves, *imp. en couleurs.*

BEAUVARLET (J. F.)

11. — Les Couseuses, d'après le Guide. In-fol. Belle et rare épreuve *avant toute lettre, signée.*

BOILLY (d'après L.)

12. — L'Amant Musicien, par J. P. Levilly. Belle épreuve.

13. — Le Bouquet Chéri, par Chaponnier. Belle épreuve.

14. — Le Cadeau, par J. Bonnefoy. Très belle épreuve.

15. — La Douce résistance, par S. Tresca. Très belle épreuve.

16. — On la tire aujourd'hui, par S. Tresca. Belle épreuve.

17. — Prends ce Biscuit, par G. Vidal. Grand in-fol. Très belle épreuve.

17 *bis.* — La même estampe. Deux belles épreuves.

18. — Le Sommeil trompeur — Le Réveil prémédité. Deux pièces par F. J. Wolff, faisant pendants. Belles épreuves.

19. — Le Réveil prémédité, par Wolff. Belle épreuve.
20. — Suite de la Douce impression de l'Harmonie, par F. J. Wolff. Très belle épreuve.

BOIS ANCIENS

21. — Sujets religieux — Vues d'Allemagne et de Suisse. Cent-cinquante pièces.

BOISSIEU (J. J. de)

22. — Vue de la Forêt de Fontainebleau — Paysages. Six pièces. Très belles épreuves, plusieurs en épreuve d'état.

BONNET (L. M.)

23. — Le Flambeau de l'amour. Ovale in-4. Très belle épreuve *imprimée en couleurs*, toutes marges.

BOUCHER (d'après F.)

24. — Vénus couronnée par les Amours, par Demarteau. Belle épreuve *impr. en deux tons.*
25. — La jeune Bergère, par Voyez. Très belle épreuve, encadrée (cadre ancien, bois sculpté).

BOUCHER, LE PRINCE (d'après)

26. — La Courtisane amoureuse — La Peinture — Les Amusements de la campagne. Trois pièces par Larmessin, Bonnet et Demarteau. Belles épreuves.

BOWYER (à Londres, chez R.)

27. — *Ceremony of Te Deum by the Allied Armies on the Square of Louis XV at Paris, the 10 April 1814.* In-fol. Belle épreuve, *coloriée.*

BRACQUEMOND (F.)

28. — Le Haut d'un battant de porte (H. B. 110). Belle épreuve du 4ᵉ état, *avant les changements dans la date et l'adresse.*

BRY (J. Th. de)

29. — Les Noces d'Isaac et de Rébecca, d'après
B. Perruzi — L'Age d'or, d'après H. Blœ-
maert, 1608. Deux pièces. Belles épreuves.

CALAMATTA (L.)

30. — La Joconde, d'après L. de Vinci. Belle épreuve
sur chine.

CALLOT (J.)

31. — Le Benedicite (M. 65) — Les Bohémiens, pl. 3
et 4. Trois pièces.

CANALETTI (Ant.)

32. — *La Torre di Malghera*. In-fol. Très belle
épreuve du 2ᵉ état.

CARICATURES

33. — *Exhibition stare case*. In-fol. Très belle
épreuve, *coloriée*. Rare.

34. — *Croos Readings — A Barbers Shop — A Sale
of English-Beauties in the East-Indies*. Trois
pièces in-fol., deux *coloriées*.

35. — *The rapid effects of the Cheltenham Wathers
— Recovery of a Dormant... — Setting out
fort Margate*, etc. Sept pièces *coloriées*.

36. — *Turning out half satisfied — Grimaldis Leap
Frog... — Hope told a flattering... — A
Peep into Totenham... — Grimaldi Bold
Dragoon... — Mʳ Grimaldi et Mʳ Norman...
— Mʳˢ Flimsy's...* Sept pièces. Belles épreuves,
coloriées.

37. — Acteurs anglais et actrices. Dix-neuf pièces
coloriées.

CHEVILLET (J.)

38. — Eugénie (Mˡˡᵉ d'Hannetaire jouant de la harpe),
dans les Sultanes, d'après Legendre. Très
belle épreuve.

COCHIN FILS (d'après C. N.)

39. — Le Chanteur de Cantiques, par Madeleine
Cochin. Très belle épreuve.

COLLIN

40. — Vues de Nancy, 1758-1760 — Statue de Louis
XV, Place Royale de Nancy, 1756. Six pièces
in-fol. Très belles épreuves.

CORT (C.) — PASS (C. de) — WIERIX (A.)

41. — Sujets religieux. Vingt-deux pièces. Belles
épreuves.

COURTRY (Charles).

42. — Finette — L'indifférent. Deux pièces d'après
Watteau. Très belles épreuves avec *remarque*,
imp. en sanguine, signées.

COYPEL (d'après Ch.)

43. — Mad° de ** (Mme de Mouchy) *en habit de Bal*,
par L. Surugue, 1746. Très belle épreuve.

DAUMIER (H.)

44. — Portraits en pied de la Caricature : Argout (d') —
Baillot — Barthe — Cunin-Gridaine — Del-
lessert — Etienne — Fulchiron — Guizot —
Harlé père — Odier — Podenas — Prunelle
— Royer-Collard — Sébastiani — Viennet.
Quinze pièces. Belles épreuves.
45. — Persil — Soult. Deux pièces.
46. — *Primo saignare.* In-fol. Deux épreuves, une
coloriée.
47. — Gros Cupide, va ! — Repos de la France —
Celui-là on peut le mettre en liberté ! .. Trois
pièces. Belles épreuves.

48. — Scènes de mœurs : Professeurs et moutards, Musiciens de Paris, Caricaturana, Mœurs conjugales, etc. Vingt-trois pièces, la plupart coloriées.

49. — Caricatures politiques, Portraits - charges. Vingt-six pièces (une par Traviès).

DEBUCOURT (P. L.)

50. — La Rose mal défendue (M. Fenaille 27). Belle épreuve, *coloriée*.

51. — Entrevue de LL. MM. l'Empereur des Français et l'Empereur de Russie sur le Niémen (M. F. 258). Très belle épreuve du 2ᵉ état *avant* les changements dans l'inscription. Rare

DEFEHRT

52. — *Quarta lamina de la Mascara Real executado por los Gremios de la Cuidad de Barcelona al arribo de su Monarca Dⁿ Carlos Tercero..*, d'après F. Tramullus, pl. 1 à 11. Très belles épreuves.

DELACROIX (Eugène)

53. — Lion dévorant un cheval (A. M. 56). Belle épreuve sur chine.

DELAROCHE (Paul)

54. — Jeune dame tenant son fils sur ses genoux, 1845. Eau-forte rare.

DESNOYERS (A. Boucher)

55. — La Vierge à la chaise, d'après Raphaël (H. B. 6). Belle épreuve.

56. — La Visitation, d'après Raphaël (7) — La Vierge au bas relief, par Forster, d'ap. L. de Vinci. Très belles épreuves.

DEVÉRIA (Achille)

57. — Femme assise au coin du Feu (Lettre E.) In-fol.
Très belle épreuve.

DIVERS

58.   Tom Jones, act. 1, scène 3, par Ingouf, d'après
Wille fils — Adrienne Le Couvreur, par
Petit, d'après Coypel — Sultan Selim III,
par Ruotte, d'après Gregorius. Trois pièces.
Belles épreuves, la seconde *avant toute lettre,
imp. en couleurs.*

59.   Perspective de la Place Louis XV et du Pont
de Louis XVI — Projet d'une Place pour le
Roy (Louis XVI), par Le Canu, d'ap. Le
Lorrain. — Une des faces du feu d'artifice
tiré à Toulouse, le 29 sept. 1729 — Horloge
de Strasbourg — Paris — Rennes. Six pièces
anciennes.

60. — *Infancy* — *Thoughts on Matrimony* — La
dernière dent — Les patineurs — Batailles
du 1ᵉʳ Empire, etc. Neuf pièces d'après Reynolds, Smith et par Raffet, Boilly et autres.

61.   Le Sourire — Coquetterie. Deux pl. par Maile,
d'après Dubufe — Scènes de Mœurs, 3 pl.
par Daumier. Ensemble cinq pièces, une
avant toute lettre.

62.   Bracquemond, par Rajon — Pastorale, par
Ch. Jacque — Combat naval, par Ballin —
Enterrement à St-Julien-le-Pauvre — Scènes
de genre. Six pièces. Belles épreuves.

63.   Scène de genre (Ecole anglaise) — *The Angel
and Tobias* — Le Vaisseau submergé, etc.
cinq pièces par Le Veau, Lerpinière, etc.
Belles épreuves.

64.   Vue de la Façade du Louvre du côté de Saint-
Germain, reprise en 1756, par Ozanne —
Jupiter et Calisto, Pan et Syrinx, d'après
F. Boucher (chez R. Sayer) — Brevets de

danse, baton, contre-pointe — Mort de Montcalm — Costumes par Saint-Jean, Bonnart — Quatorze pièces.

65. — Sujets religieux — Scène de genre — Portraits. Vingt-deux pièces d'après Titien, Téniers, Holbein, etc.

66. — *The indiscret flamand* — La Musique — *Wantonness* — La jeune Bergère — Sujets gracieux — Fleurs, etc. Vingt-six pièces par divers artistes.

67. — Sujets divers — Costumes — Portraits. Trente-et-une pièces par Gavarni, Deveria, Bellangé et autres.

68. — Sujets divers et Paysages. Environ cent-soixante pièces par Ch. Jacque, Charlet, H. Bellangé, etc.

69. — Lithographies. Quatre-vingt pièces.

70. — Pièces diverses, bois, procédés, etc. Cent-cinquante pièces.

71. — Portraits de grand format. Cent pièces.

72. — Portraits. Cent-soixante-trois pièces.

73. — Portraits de Médecins. Trois cents pièces.

74. — Vues de Paris. Cent-dix pièces.

75. — Vues diverses. Deux cents pièces.

76. — Caricatures, extraits du *Charivari*. Cinq cents pièces.

DORÉ (G.)

77. — *Historical cartons from the 1 Century to the 19th by Gustave Doré* — London, Camden, s. d., suite complète en 1 album in-4° obl. cart. de publ.

DREVET (Claude)

78. — Le Bret (Mme), en Cérès, d'après H. Rigaud (D. 9). Très belle épreuve.

DUPLESSIS-BERTAUX (J.)

79. — Fêtes de Virgile, à Mantoue — Entrée des Français à Venise, etc. Dix pièces, cinq *avant la lettre* ou à *l'état d'eau-forte pure.*

ÉCOLE ANCIENNE

80. — Paysages et Marines. Neuf pièces par A. Waterloo, Bakhuizen et Saftleven. Belles épreuves.

81 — Paysages et Marines. Quatorze pièces par Mauperché, Dietricy, Kobell, M. de Passe, etc. Très belles épreuves.

82. — Sujets divers — Portraits — Paysages. Environ quatre-vingts pièces.

ÉCOLES FRANÇAISE & ANGLAISE

83. — La Cachette découverte — Les Présens de Flore — L'Amant pressant — L'Amant consolateur — La Danse à trois... — Marine. Six pièces d'après Le Peintre, Fragonard, Le Prince, Le Bouteux.

84. Les Baigneuses surprises — Le Satyre impatient — La Pantoufle — Les Cerises — La Serrure, etc. Neuf pièces d'après Baudouin, Monnet, Freudeberg, Caresme et autres.

85. Fox (Charles J.) par I. Young, d'après Heckel — Mexborough (Comtesse de), d'après Hoppner, copie publiée chez Pavard. Deux pièces in-fol. Épreuves anciennes.

86. — Bacchante — La Télégraphie de l'Amour — Portrait de Buffon — Roman comique. Quatre pièces par Alix, Lepicié, Bourgeois.

87. — Le Récit du jeune Matelot, après un naufrage — Retour du jeune Matelot. Deux pièces in-fol. d'après R. Bigg. Très belles épreuves *imp. en couleurs.* (Sans marges).

88. — Le Forgeron, par Houston, d'après Penny — Marie-Antoinette, par A. Tardieu, d'après Dumont — Louis XVI au Temple — Le Peintre — La Famille d'Holstein-Beck, par Morghen. Cinq pièces.

89. — Cagliostro (Cte et Ctesse de) — Bartolozzi, par R. Marcuard, d'après Reynolds — Porteuse d'eau, par Weiss, d'après Bunbury — Charlotte au tombeau de Werther — Scènes de l'Histoire de l'Inde, par D. Orme. Sept pièces, *3 impr. en couleurs.*

90. — Le Petit Espagnol — Le Musicien — Pastorale — A Wiew of St-James Park, etc. Dix pièces d'après Huet, Boucher, Clermont, etc., la plupart *imprimées en couleurs.*

91. — Têtes de femmes — Acteurs. Six pièces par Janinet, Bonnet et Tomkins.

EDELINCK (Gérard)

91 *bis.* — Champaigne (Phil. de), d'après lui-même (R. D. 164). Belle épreuve *avant le trait échappé.*

FIESINGER — HERHAN — CARDON

92. — Regnier — Andreossy — Kléber. Trois pièces in-fol. Belles épreuves.

FLAMEN (Alb.)

93. — Livre d'oyseaux (R. D. 402-413). Suite complète de douze pièces. Très belles épreuves.

FRAGONARD (d'après H.)

94. — Les Baignets, par N. De Launay. Très belle et rare épreuve, *avant la dédicace.*

95. — Le Parc, copie par Saint-Non. Très belle épreuve.

96. — Les Pétards — Les Jets d'eau. Deux pièces par Auvray, faisant pendants.

97. — *S'il m'étoit aussi fidel*, par Dennel. In-fol. Belle
épreuve à toutes marges.

98. — Le Verre d'eau, par N. Ponce. Belle épreuve.

FRAGONARD et Mlle GÉRARD (d'après)

99. — Le premier Pas de l'enfance — L'Enfant chéri.
Deux pièces par Regnault et Vidal, faisant
pendants.

GAUCHER (Charles-Étienne)

100. — Du Barry (C^{sse}), d'après Drouais. In-8. Bonne
épreuve.

GAVARNI, GRANDVILLE, DURANDEAU

101. — Caricatures — Modes. Neuf pièces.

GELLÉE (Claude)

102. — La Fuite en Egypte (R. D. 1). Très belle
épreuve du 1er état.

103. — Le Naufrage (R. D. 7). Très belle épreuve du
2e état, et copie en contre partie. Deux
pièces.

GÉRARD (d'après Mlle)

104. — Les Tourterelles ?, par H. Gérard. Grand in-
fol. Très belle épreuve avant la lettre, toutes
marges.

GOLTZIUS (H.)

105. — Le Christ mort sur les genoux de la Vierge.
Belle épreuve.

GOUDT, SCHEYNDEL, TIEPOLO

106. — Cérès et Proserpine, d'après Elsheimer —
Scènes de village — Le Cavalier. Quatre
pièces. Belles épreuves.

GOYA (F.)

107. — L'Aveugle enlevé sur les cornes d'un taureau
(P. L. 247). Très belle épreuve.

GREUZE (d'après J.-B.)

108. — Les Ecosseuses de poix (sic), par Le Bas —
Annette, par L. Binet. Deux pièces in-fol.
Belles épreuves.

109. — L'Heureux ménage — Le divertissement d'une
Famille villageoise. Deux pièces in-fol. faisant pendants. Très belles épreuves.

GUYOT (L.)

110. — *La Fuite a dessein ou le parjure Louis XVI.*
Très belle épreuve *imprimée en bistre.* Rare.

HECKE (J. van den)

111. — Différents animaux (B. 1 à 12). Suite de douze
pièces. Très belles épreuves, *avant que
l'adresse de J. de Man,* n'ait été effacée. (On
y a joint 2 doubles).

HENRIQUEL-DUPONT

112. — Pastoret (Le M{is} de), d'après P. Delaroche.
Belle épreuve *avant la lettre,* sur chine.

113. — Sauvageot (H. B. 84) — Duchatel (Cte) (91) —
Cavelier (102). Trois pièces. Très belles
épreuves.

HOGENBERG (F.)

114. — Erasme de Rotterdam, 1601. In-fol. Belle
épreuve.

HOIN (Claude)

115. — Apothéose de Mirabeau. In-fol. Très belle
épreuve *tirée en bistre,* toutes marges.

HOPFER (D.)

116. — Le Christ en Croix. Belle épreuve.

HUCHTENBURG

117. — Batailles du P^{ce} Eugène. D'x pièces in-fol.

HUET (d'après J.-B.)

118. — Le Galant berger, par L. M. Bonnet. In-fol.
Très belle épreuve *imprimée en couleurs*
(sans marge).

119. — *The Sump*, par L. M. Bonnet. Superbe épreuve
imprimée en couleurs (sans marge).

ISABEY (Jean-Baptiste)

120. — Vernet (Mme Horace) (G. H. 81) — Pawant (Mlle de)
(85). Deux lithographies. Belles épreuves
tirées sur teinte.

121. — Bonaparte à la Malmaison, par Lingée et Go-
defroy. Grand in-fol.

JANINET (J.-F.)

122. — *Gravures Historiques des principaux événe-
ments depuis l'ouverture des Etats-Généraux.*
Quarante-trois pièces. Très belles épreuves
accompagnées du texte.

123. — Les trois Grâces, d'après Pellegrini. Très belle
épreuve *avant la guirlande de roses, imprimée en couleurs* (sans marges).

JAZET (J. P. M.)

124. — Le Serment du Jeu de Paume, d'après David.
Grand in-fol. Très belle et rare épreuve *avant
la lettre*.

125. — Le Serment du Jeu de Paume, d'après David.
Grand in-fol.

126. — Mort de Napoléon, d'après Stenben. Grand
in-fol. Très belle épreuve.

JEAURAT (d'après Etienne)

127. — L'Amour coquet — L'Amour petite Maître. Deux pièces par Edme Jeaurat, faisant pendants. Belles épreuves.

128. — La Place des Halles — La Place Maubert. Deux pièces par Aliamet, faisant pendants. Belles épreuves.

JONKHEER et P. V. H.

129. — Différents chiens. Neuf pièces (y compris deux doubles). Très belles épreuves. Rares.

JORDAENS (d'après J.)

130. — Le Roi boit. Manière noire in-fol. Belle épr. Rare.

KAUFMANN (d'après A.)

131. — Cleone, par Bartolonii. Ovale in-fol. Belle épreuve tirée en deux tons.

KOBELL (Ferdinand)

132. — *Six Paysages Dessinés et Gravés par Ferd. Kobell.* Suite complète. Superbes épreuves.

LAER (Pierre de)

133. — Différents animaux (B. 1-8). Suite complète de huit pièces. Très belles épreuves de la collection Camberlyn.

LANCRET (d'après Nicolas)

134. — *Que le cœur d'un amant est sujet à changer!*, par Suzanne Sylvestre (E. B. 66). Très belle épreuve.

135. — Les Heures du Jour, par N. de Larmessin. Suite complète de quatre pièces. Belles épreuves du 1ᵉʳ état.

LANDSEER (J.)

130. — Apollini (Vingt-sept portraits de musiciens dans des médaillons appendus à un rocher). Epreuve *coloriée*.

LARGILLIÈRE (d'après Nic. de)

137. — Mlle Duclos, rôle d'Ariane, par Louis Desplaces. Très belle épreuve.

LARMESSIN (N. de)

138. — Louis Quinze Roy de France — Marie, Princesse de Pologne, Reine de France. Deux pièces in-fol., d'après Vanloo. Belles épreuves.

139. — Louis Quinze, d'apr. Ch. Parrocel et Vanloo. In-fol.

LAVREINCE (d'après N.)

140. — La Balançoire mystérieuse — Les Nymphes scrupuleuses. Deux pièces par Vidal, faisant pendants. Belles épreuves.

141. — *The green plot* (E. B. app. 10) — *The Grove non décrit*. Deux pièces faisant pendants. Belles épreuves du tirage postérieur.

LAWRENCE (d'après Th.)

142. — Nature, par Jazet. In-fol. Belle épreuve.

LE CLERC (Sébastien)

143. — Siège de Douai — Défaite des Espagnols près le canal de Bruges — Renouvellement d'alliance entre la France — Frontispice. Quatre pièces, d'apr. Ch. Le Brun. Très belles épreuves.

LE DUCQ (Jan)

144. — La Viande disputée (B. 5). Très belle épreuve, rare.

LE RAT (Paul)

145.   Au Coin du Feu, d'après A. Menzel. Superbe épreuve *avant la lettre*, sur japon.

LITHOGRAPHIES

146. — Les Artistes contemporains — Les Artistes anciens et modernes. Trente-trois pièces par C. Nanteuil, H. Baron. Français, J. Laurens, etc. Belles épreuves.

LIVRES ET RECUEILS

147. — *Les Français peints par eux-mêmes, encyclopédie morale du dix-neuvième siècle* — Paris, L. Curmer, 1840-1842 — 8 vol. petit in-8 cart.

LOUIS XVI ET LA RÉVOLUTION (Estampes relatives à)

148. — Portraits : Bailly — Mirabeau — Necker — Thouret — Pétion — Rewbel — Michel Gérard — Gouttes (J. L.). Neuf pièces par Demarteau, Fiesinger et anonymes, plusieurs tirées en sanguine ou en bistre. Très belles épreuves.

149. — *Aux Bons Citoyens travailleurs du Champ de Mars — Ceux qui ont vu le Champ de Mars... et qui le revoyent...* Deux pièces in-fol. Belles épreuves, *coloriées*.

150. — Vue du Champ de Mars, le 14 Juillet 1790 (chez Berthault) — Serment fédératif et national prononcé au champ de Mars, le 14 Juillet 1790. Deux pièces. Très belles épreuves.

151. — Mirabeau — La bonne Justice. Deux petites pièces de formes ronde et ovale par Villeneuve, impr. avec fond rouge. Très belles épreuves.

152. — *Que fais-tu là Beau-frère ?... — Le Français
d'autre-fois — Le chasseur pigmée... — Le
vât'en voir du petit condé — Arlequin Géné-
ral d'Armée — Aide de camp porteur des
nouvelles de Varennes au petit condé — Sur
les frontières de Luxembourg — Que faite
vous la ? Je suis en Penitence.* Huit pièces.
Très belles épreuves, *coloriées* (sauf une).

153. — *Vue de la Décoration et Illumination sur le
Terrein de la Bastille... le 14 Juillet 1790*
(A Paris, chez J. Chereau). Très belle
épreuve, *coloriée.*

154. — Retour de la Famille Royale, à Paris le 25 Juin
1791. Curieuse estampe populaire. Très belle
épreuve, *coloriée.* Rare.

MANIÈRES NOIRES

155. — Sujets flamands. Huit pièces d'après A. Both,
Dusart, Maes, par J. Gole, Laurie, Lupton,
deux *avant la lettre.*

MAROT (Jean)

156. — Œuvre de M. Marot — 1 vol. in-fol., contenant
cent-soixante-et-onze planches (la plupart
relatives à Paris), avec table des planches,
rel. anc.

MASSON (Ant.)

157. — Les Disciples d'Emmaüs, d'après Titien (R. D. 5).
Belle épreuve.

MORGHEN — STRANGE — J. G. MULLER

158. — S¹ Jean — La Fornarina — Bélisaire — Loth et
ses Filles. Quatre pièces d'après Raphaël, Le
Guide, S. Rosa et Hondhorst.

MORLAND (d'après G.)

159. — *A Tea Garden,* par A. Zecchin. Belle épreuve.

NANTEUIL (Robert)

100. — Bouthillier (V. Le), 1659 (R. D. 54). Très belle
épreuve du 1er état, *avec la date.*

161. — Beaumanoir de Lavardin (R. D. 34). Belle
épreuve du 2e état.

162. — Fouquet (Basile). Superbe épreuve.

163. Matignon (L. Goyon de). Très belle épreuve
du 1er état.

164. — Colbert (J.-B.), 1670 (R. D. 75). Grand in-fol.
Épreuve du 1er état.

NAPOLÉON Ier (Estampes relatives à)

165. — Napoleone Buonaparte, par H. Richter d'après
le buste de Cheracci, 1801. In-fol. Belle
épreuve. Rare.

166. — Les trois Consuls, par Chataignier et Bovinet.
Épreuve encadrée.

NEYTS (G.)

167. Le Cavalier (B. 6). Très belle épreuve.

NOORDT (J. van)

168. — Paysage orné de ruines, d'après P. Lastman
(D. 1). Très belle et rare épreuve du 1er état,
avant l'adresse de F. de Witt.

OPTIQUE (Vues d')

169. — Vues d'optique, la plupart relatives a Paris.
Vingt-et-une pièces. Belles épreuves, *coloriées.*

170. — Vues de Paris, Bordeaux, Marseille, Versailles
— Vues d'Italie et d'Allemagne. Quarante-
quatre pièces *coloriées.*

171. — Vues de France et de l'Étranger. Quatre-vingt-
deux pièces.

ORNEMENTS

172. — PILLEMENT (J.). Motifs de Paravents japonais, par P. C. Canot, 1759. Deux pièces in-fol. Très belles épreuves.

173. — RANSON. 2ᵉ suite de différents Attributs, Trophées et Groupes de Fleurs. Suite complète de six pièces. Belles épreuves.

174. — SAINT-AUBIN (Ch. Germain de). Recueils de chiffres, pl. 1, 2, 7 à 10 et 12, soit sept pièces par Marillier. Très belles épreuves.

175. — Écrans — Panneaux — Meubles — Vases, etc. Quarante-huit pièces par Péquégnot d'après les artistes du XVIIIᵉ siècle.

PARIS (Estampes relatives à)

176. — Vue des nouveaux Bains Chinois, Chaussée-d'Antin — Château du Luxembourg — Palais des Tuileries — Notre-Dame — Le Palais de Justice, etc. Six petites pièces rondes par Guyot, Le Campion et Roger. Très belles épreuves *imprimées en couleurs*, deux *avant la lettre*.

177. — Vues de Paris, par Gaitte, pl. 2. 13, 16 et 17 — Vues de Paris, par Janinet et Chapuy, pl. 3, 6, 11, 18, 25 et 26, Palais de Fontainebleau. Ensemble onze pièces. Très belles épreuves.

PERNET (d'après)

178. — Le Temple de Mars — Le Temple de la Philosophie. Deux pièces par Guyot, faisant pendants. Belles épreuves *imprimées en couleurs*.

PETIT (Gilles-Edme)

179. — Marie-Thérèse, reine de Hongrie, d'après M. de Meytens — L'Après-dîné (Mˡˡᵉ Sallé), d'après Fenouil. Deux pièces. Belles épreuves.

PIÈCES HISTORIQUES

180. — Famille Royale de France (chez Jean fils). Très belle épreuve, *coloriée*.

181. — Vue de la place Louis XV, le Jour du Te Deum que l'Empereur de Russie a fait chanter pour son entrée dans Paris, le 4 avril 1814 — Passage du Cortège de S. M. Louis XVIII devant la statue de Henri IV. Deux pièces par Dubois. Très belles épreuves, *coloriées*.

182. — Cérémonies pour le retour des Cendres de Napoléon Ier. Sept lithographies par V. Adam, *coloriées*.

183. — La mort de Marceau, par Ingouf, d'après Le Barbier — Confédération des Français — Le Pacte National — Entrée à Paris du duc d'Angoulême, 1823 — Mariage d'Henri IV. Cinq pièces in-fol.

184. — Portraits : Roland — De Calonne — Louis XVIII — Comte d'Artois — Charles X, etc. Treize pièces.

185. — Portraits — Scènes historiques — Costumes. Vingt pièces.

186. — Rade de Cherbourg, départ du 1er Cône pour la Construction d'un nouveau Port — Testament de Louis XVI — La Voisin — Mort de Bertrand Duguesclin — Le Gâteau des Rois — Pierres gravées de Guay et de Mme de Pompadour, etc. Vingt neuf pièces.

PILOTELL

187. — *Avant, Pendant et Après la Commune, Caricatures à l'eau-forte.* Suite complète de 20 pl. *Couv. de publ.* (Exemp. *signé* et *numéroté*).

PRUDHON (P.-P.)

188. — Une Lecture (E. de G. 7). Très belle épreuve du 2e état, *avant toute lettre*.

189. — Le premier Baiser de l'amour, par Copia. Belle épreuve *avant la retouche.*

190. — L'Amour séduit l'Innocence — L'Innocence préfère l'Amour à la richesse. Deux pièces in-fol., par B. Roger, faisant pendants. Très belles épreuves *avant la lettre.*

RAFFET (A.)

191. — La Revue nocturne — Combat d'Oued-Alleg. Deux pièces. Belles épreuves du 2ᵉ tirage.

RAPHAEL (d'après)

192. — La Vierge au livre — La Vierge à la rédemption — La Vierge à l'œillet. Quatre pièces in-fol. par A. Martinet, Richomme, Lehmann et un anonyme. Très belles épreuves, deux *avant la lettre.*

RECUEILS ET ALBUMS

193. — L'Italie, quarante-sept lithographies d'après Chapuy, par Ciceri, Dauzats, Sabatier, etc., en 1 vol. in-fol. obl. cart.

194. — Vues, portraits, scènes de genre, animaux. Environ 200 pièces par Devéria, Villeneuve, Jacottet et autres, en 3 albums, cart.

REMBRANDT

195. — Les Pèlerins d'Emmaüs (B. 87 D. 94). Belle épreuve.

ROBERT (Hubert)

196. — Les Soirées de Rome. Suite de dix pièces. Très belles épreuves.

197. — Ecurie dans les ruines du Palais du Pape Jules II, par Janinet — Ruines romaines, ovale in-fol. par Guyot? Deux pièces. Très belles épreuves *imprimées en couleurs* (sans marges).

ROMNEY et KAUFFMAN (d'après)

198. — La Raison et les grâces — Plaisir d'amour,
peine d'esprit. Deux pièces par Bonnefoy,
faisant pendants. Très belles épreuves, *tirées
en deux tons*, à toutes marges.

RUOTTE (L. C.)

199. — Les Sens, d'après L. Schiavonetti, 4 pièces
d'une suite de 5. Belles épreuves *imprimées
en couleurs*.

SCHALL (d'après F.)

200. — Le Modèle disposé, par A. Chaponnier. Belle
épreuve.

SCORODOOMOW (G.)

201. — A Venetian Lady — Zara. Deux pièces ovales
d'après Loutherbourg, faisant pendants, 1776.
Belles épreuves *impr. en couleurs*.

SENUS (W. van)

202. — Guillaume, P^re d'Orange, blessé à Waterloo,
d'après J. Odevaere. Grand in-fol *impr. en
couleurs*, avec rehauts.

SILVESTRE (Israël)

203. — Vues d'Italie. Suite de douze pièces. Très
belles épreuves.

204. — Vues d'Italie. Suite de douze petites pièces.
Très belles épreuves.

SINGLETON (d'après H.)

205. — *The Wandering Sailor — The Market Girl*.
Deux pièces par G. C Street, faisant pendants.
Superbes épreuves *imprimées en couleurs*
(éraflure à la seconde pièce).

STOOP, FYT, ROOS

206. — Animaux. Huit pièces. Belles épreuves.

TAUNAY (d'après)

207. — La Noce de Village, par Descourtis. Belle
épreuve *imprimée en couleurs* (sans marge).

TROOST (d'après C.)

208. — Scènes de Théâtre. Neuf pièces par Punt et
Tangé. Très belles épreuves, une *avant toute
lettre.*

VANLOO (d'après Michel)

209. — Mlle d'Oligny, par J. J. J. Huber. Belle épreuve.

VELDE (Adrien van de)

210. — La Vache au paturage (B. 11) — Le Bœuf pie
(12) — Deux Vaches couchées dans un pré
(13). Trois pièces. Très belles épreuves.

VERMEULEN (C.)

211. — Bertin (P. V.), d'après N. de Largillière. Belle
épreuve.

VERNET (d'après C.)

212. — Cheval pansé à l'Anglaise, par Coqueret. Très
belle épreuve.

WATTEAU (d'après Ant.)

213. — La Chute d'eau, par J. Moyreau. Très belle
épreuve.
214. — Fêtes au dieu Pan, par M. Aubert. Belle épreuve.

WEIROTTER (F. E.)

215. — Paysages. Dix-huit pièces. Très belles épreuves.

WHEATLEY (d'après F.)

216. — *Morning*, par J. Barney, 1793. In-fol. Belle
épreuve.

217. — La Jardinière — La Marchande de Bouquets.
(A Paris chez Bance). Deux pièces. Belles
épreuves.

WILLE (J. G.)

218. — Villeroy (F. L. A. de Neuville, Duc de),
d'après J. Chevalier (Ch. Le Bl. 119). Belle
épreuve.

219. — Foucquet de Belle-Isle (C. L. A.), d'après
H. Rigaud. Belle épreuve.

ZEEMAN (R.)

220. — Les Eléments (Dutuit 19-22). Suite complète
de quatre pièces. Superbes et rares épreuves
du 1ᵉʳ état, *avant les nᵒˢ*.

221. — Suite de marines, 1ʳᵉ série (D. 23-30). Suite
complète de huit pièces. Superbes épreuves
du 2ᵉ état (sur 4).

222. — Suite de Marines (Dutuit 31-38). Suite complète de huit pl. Superbes et rares épreuves
du 1ᵉʳ état.

223. — Différentes Vues d'Amsterdam (D. 47-54). Suite
de huit pièces (manque, la pl. 2). Très belles
épreuves (coin restauré à la pl. 7).

224. — Diverses batailles navales (D. 99-106). Suite de
huit pièces (manque le frontispice). Très
belles épreuves.

225. — Les Portes de ville d'Amsterdam (D. 119-126).
Six pièces d'une suite de huit. Superbes
épreuves.

226. — Marines. Neuf pièces. Belles épreuves.

227. — Sous ce numéro, il sera vendu par lots, environ quinze cents estampes et dessins.

IMPRIMERIE

F R A Z I E R - S O Y E

153-157, Rue Montmartre

PARIS